Escritora Submissa

Erika Sanders
Serie
Coleção Dominação Erótica

Sinopse

O maior medo de Samantha era que alguém a reconhecesse nessas fotos.

Mas esse problema foi resolvido usando uma máscara fina.

A máscara era pequena e cobria apenas os olhos e o nariz, o que era bom o suficiente para manter o anonimato.

Escritora Submissa é um romance com forte conteúdo erótico de BDSM e, por sua vez, um novo romance pertencente à coleção Erotic Domination, uma série de romances com alto conteúdo de BDSM romântico e erótico.

(Todos os personagens têm 18 anos ou mais)

Nota sobre a autora

Erika Sanders é uma escritora conhecida internacionalmente, traduzida para mais de vinte línguas, que assina os seus escritos mais eróticos, longe da sua prosa habitual, com o seu nome de solteira.

Índice

ESCRITORA SUBMISSA
ERIKA SANDERS

11

PRIMEIRA PARTE
A REAÇÃO

13

CAPÍTULO I

O maior medo de Samantha era que alguém a reconhecesse nessas fotos.

Mas esse problema foi resolvido usando uma máscara fina.

A máscara era pequena e cobria apenas os olhos e o nariz, o que era bom o suficiente para manter o anonimato.

Ela fez poses diferentes para o fotógrafo.

Foi uma sessão de filmagem elegante com um tom submisso.

Vários fios amarraram levemente seu pequeno corpo magro, coberto por um fino vestido preto.

Seus pulsos também estavam amarrados e agora estavam sendo tiradas fotos dela deitadas no chão.

Foi uma sessão de arte de um fotógrafo local semi-famoso, que vendeu os retratos em diferentes galerias de arte.

"Tão linda", disse o fotógrafo, afastando-se. "Vire-se. De bruços. Bom. Vire-se."

Foi a coisa mais divertida que Samantha fez em um longo tempo.

Ela se virou como um filhote de escravo.

Então ela revirou.

Havia um leve sorriso em seu rosto, vivendo sua fantasia.

O fotógrafo notou o sorriso de Samantha e ele sorriu de volta, tirando mais fotos no processo.

"Acho que terminamos hoje", disse ele, abaixando a câmera. "Você foi excelente."

Ela se levantou e caminhou em direção a ele com os pulsos amarrados apontando para a frente.

"Eu estava apenas fazendo o que você me disse", ele sorriu.

O fotógrafo desamarrou os pulsos, finalmente a libertando de todas as cordas da escravidão.

Havia pequenas marcas vermelhas nos pulsos.

"Desculpe por isso. Talvez eu as coloque um pouco apertadas demais."

Ela balançou a cabeça e tirou a máscara.

"Não se preocupe. Acho que estava me esforçando demais. E as marcas desaparecerão em breve."

"Garota durona."

"Falando em ser duro, existe alguma chance de trabalho extra?"

"Depende", respondeu o fotógrafo. "Em breve, haverá uma mostra de arte em breve. Se seus retratos venderem, eu adoraria contratá-lo para mais fotos."

Ela sorriu.

"Estou ansioso por isso".

CAPÍTULO II

Depois de se vestir, Samantha foi diretamente para o quarto.

Ainda havia muito trabalho escolar a fazer.

A turma mais desafiadora do semestre foi seu curso de escrita criativa, focado em fazer histórias completas.

Essa era a classe em que ele mais queria trabalhar, porque isso lhe dava uma saída para escrever.

Ela adorava escrever.

E ela queria se tornar romancista algum dia.

Mais importante ainda, deu a ele uma plataforma para começar a escrever seu primeiro romance sob a tutela de um professor de destaque.

Ele era um professor que admirava profundamente muito antes de assistir à aula.

Ele era um professor que havia escrito vários livros que Samantha amava, lendo-os enquanto crescia.

Esses livros antigos influenciaram o estilo de escrever de Samantha, e ela ficou animada com a oportunidade de ele ensiná-la.

Ele terminou de escrever um esboço de uma página de sua próxima história enquanto estava sentado em sua cama.

Ele precisava enviá-lo ao professor antes de sua próxima reunião.

Depois de passar horas escrevendo e pensando, o estado de transe de Samantha foi quebrado quando ela bateu na parede.

Ela era sua linda colega de quarto e melhor amiga desde o colegial, vestida apenas com uma toalha e com os cabelos recém-secos após o banho.

"Você ainda está escrevendo suas coisas?" Vicky perguntou.

"Ah, claro, eu ainda estou nisso."

"Então, como foram suas fotos hoje?"

Samantha levantou os polegares.

"Bastante bem."

"Eu adoraria ver o novo livro."

"Espere, deixe-me verificar se você já os enviou para mim."

Samantha abriu rapidamente sua conta do Gmail e viu alguns novos e-mails.

Houve um email do fotógrafo que abriu e baixou o arquivo que ele continha.

Havia trinta e oito imagens no total.

"Eles já estão, eu os enviarei imediatamente", disse Samantha. "E deixe-me saber o que você pensa. Pessoalmente, acho que é uma coisa muito boa. Gosto mais do que fiz da última vez."

É claro que Samantha valorizou muito a opinião de Vicky sobre o assunto, porque sua amiga havia feito muito trabalho de modelagem e também planejava trabalhar na indústria da moda um dia como designer.

Vicky deixou cair a toalha e estava nua.

"Vou dar uma olhada neles mais tarde. Você já tomou banho? Essa festa é daqui a uma hora."

"Ah Merda."

Vicky vestiu um sutiã.

"É um daqueles dias, hein?"

Droga, espere.

Samantha rapidamente abriu o e-mail e escreveu uma mensagem para a professora.

Ela anexou o documento do Word e o enviou.

Então Samantha abriu outro e-mail e escreveu uma mensagem curta para Vicky.

Ela anexou o arquivo com as trinta e oito fotos de escravos submissas e enviou o e-mail.

Então Samantha fechou o laptop e pulou da cama.

Ela passou por sua colega de quarto seminua e entrou no pequeno banheiro, que ainda estava um pouco úmido, pois Vicky acabara de usá-lo.

Ele tirou a roupa e entrou no chuveiro, abrindo a torneira para deixar cair uma cascata de água quente.

Enquanto ensaboava e lavava os cabelos, Samantha pensou em seu próximo projeto de redação e se encontrou com a professora.

Ele pensou em como explicaria seu trabalho a ela.

Como ela a apresentaria.

Como ele iria se expressar.

Os principais pontos que ele queria transmitir para que o professor entendesse seus pensamentos e, esperançosamente, lhe fornecesse a aprovação e o entendimento de que tanto precisava.

Ele também pensou em coisas triviais, como o que vestir.

Ela queria parecer elegante, mas ousada, sem enviar os sinais errados também.

Ela queria parecer inteligente sem estar muito tensa.

Ele também não queria parecer muito simples ou fácil, ou perderia o respeito do professor.

Ela precisava parecer bem.

Talvez ele perguntasse a Vicky sua opinião mais tarde sobre esse assunto também.

Samantha desligou a água, secou o cabelo e voltou para o quarto do quarto, onde Vicky já estava vestida e estava usando seu próprio laptop.

"O que você acha das fotos?" Samantha perguntou, olhando dentro de seu armário.

"Você quer dizer a sua escrita?"

"Não, para minhas fotos, obviamente."

"Bem, você acidentalmente me enviou sua carta", relatou Vicky. "Parece muito bom. Não sou muito leitor, mas compraria este livro se você o escrever."

Samantha congelou.

Seus olhos se arregalaram e seu estômago afundou.

Ele correu para o laptop e verificou a conta do Gmail.

Ele checou seus e-mails enviados, para ver a mensagem que havia enviado ao professor.

Então ele olhou para o anexo.

"Oh, Deus".

Ele cobriu a boca com a mão quando percebeu que enviou acidentalmente ao professor as trinta e oito fotos da escravidão.

"Minha ... vida ... está ... arruinada", gemeu Samantha, desabando na cama, querendo chorar no processo.

"Merda, você acabou de enviar essas fotos para o seu professor?" Vicky riu de uma maneira engraçada.

Samantha enterrou o rosto no travesseiro.

"Eu não quero falar sobre isso."

"Olhe pelo lado positivo. Se ele é um cara normal, ele provavelmente vai te dar um A para a aula. A desvantagem é que você provavelmente terá que chupar o pau dele. A menos que ele seja sexy, então você vai querer. Você sabe, tudo isso tema professor / aluno ".

"Vou encontrá-lo amanhã. Deus, espero que ele não me denuncie por tentar me candidatar a sexo ou algo assim. Ele pode ser expulso da escola."

"Existe uma regra contra o envio de fotos de submissão ao professor?" Vicky perguntou.

"Não sei."

"Bem, você tomou banho super rápido. Talvez você ainda não o tenha visto. Por que você não liga para ele e diz para ele evitar ver seu e-mail?

Samantha sentou-se ereta, com lágrimas nos olhos.

"Você é um gênio."

Ele procurou no currículo o número do celular do professor, mas ele não estava lá, ao contrário de outros professores.

O único curso de ação seria orar para que você ainda não o tenha visto.

Ela enviou outra mensagem de aviso com antecedência.

Ela enviou um e-mail com o título: POR FAVOR, NÃO ABRA O OUTRO E-MAIL

"Professor,

Eu sou Samantha. Temos um compromisso amanhã de manhã. Enviei-lhe outro e-mail alguns momentos atrás. Espero sinceramente que você não a tenha aberto. Se não, por favor não. Se sim, sinto muito. Foi um acidente.

Aqui envio-lhe a minha escrita.

Espero que esse erro não comprometa nosso relacionamento acadêmico. Ainda pretendo vê-lo amanhã para discutir o projeto de redação.

Com os melhores desejos,

Samantha ".

Em seguida, ele anexou o arquivo com a escrita, verificando se estava indo bem dessa vez.

Depois que a mensagem foi enviada, Samantha caiu de volta na cama.

Ela percebeu que a toalha havia sido aberta e o seio esquerdo estava parcialmente exposto, mas ela não se importou.

Ele ainda tinha uma festa para ir.

Mas eu não tinha ideia se poderia me divertir novamente.

CAPÍTULO III

Pouco antes da reunião da manhã, Samantha resolveu tirar algumas roupas do armário.

Calça cáqui, camisa branca abotoada e colete escuro.

Informal, mas elegante.

Seu cabelo estava preso em um rabo de cavalo e ela usava maquiagem mínima.

A última coisa que ele queria era emitir vibrações eróticas, especialmente depois daquele horrendo erro de e-mail, que o professor também não se incomodou em responder.

Ela foi ao seu escritório no prédio de ciências humanas.

Quando chegou lá, ele viu, através da porta de vidro, o professor sentado atrás de sua mesa usando o computador.

Samantha ficou um pouco irritada com o fato de a professora estar em seu computador e nunca se deu ao trabalho de enviar um e-mail de resposta.

Oh, bem, ele pensou, isso teria poupado um pouco do desconforto.

Ele bateu na porta para chamar sua atenção.

"Bem a tempo", disse o professor. "Feche a porta e sente-se."

A professora era muito mais velha que ela.

Talvez ele tivesse 45 ou 50 anos, duas vezes a idade dele.

Ele era bastante bonito, com um comportamento severo e forte.

Havia um ar de sabedoria nele, o que deixava claro que ele era uma pessoa muito inteligente.

Ele fechou a porta e sentou na cadeira em frente à mesa do professor.

Ele ficou sentado em perfeita postura, enquanto o assunto do e-mail ainda permanecia em sua mente.

Ele se perguntou se iria abordá-lo ou não.

Até agora, esse não parecia ser o caso.

Em vez disso, o professor colocou um pedaço de papel sobre a mesa.

Era uma cópia impressa da lição de casa de Samantha, com anotações manuscritas em todos os lugares.

"Eu sou da velha escola", disse ele. "Prefiro escrever no papel e comentar com uma caneta. Vamos começar agora?"

Ela assentiu.

"Claro."

"Vou abordar o assunto em questão, gosto das suas idéias. A história de uma jovem que encontrou seu caminho na vida é muito recorrente, mas essa é uma nova reviravolta. Se bem me lembro, no primeiro dia do curso, você disse que queria se tornar um romancista, certo? "

Ela assentiu.

"Assim é."

"E você disse que queria fazer deste o seu primeiro romance que você espera publicar um dia, isso também está correto?"

"Isso está absolutamente correto. E eu não contei isso a você, mas na verdade sou uma grande fã de seus livros. Eles são inspiradores para mim. E eu valorizo muito seus comentários."

"Eu aprecio as palavras gentis", disse ele em um tom calmo. "Estou aqui por você e por todos os meus outros alunos. Foi por isso que me tornei professor, para transmitir meus conhecimentos, o que eu tenho, para ajudar a próxima geração de escritores."

Samantha olhou para ele com uma mistura de preocupação e angústia, como se estivesse profundamente humilhada simplesmente sentada ali.

"Algo está errado?" perguntou o professor.

Ela reuniu coragem.

"Você checou o e-mail ontem à noite?"

"Obviamente que sim. Estamos discutindo sua tarefa de redação, certo?"

Ela se sentiu uma idiota.

"Não é esse e-mail. Eu estava me referindo ao outro, você sabe, o e-mail enviado por acidente. Havia um anexo. Você fez o download?"

"É meu trabalho olhar para o que os alunos me mandam. Então, sim, quando eu vi o anexo, eu o abri."

"Vi minhas fotos?" Samantha perguntou retoricamente.

"O cabeçalho do seu e-mail era o dever de casa. Não sou um leitor de mentes, Samantha. Sim, vi suas fotos. Mas não fique envergonhado."

Ela deu um breve suspiro de alívio.

"Então você não está desapontado comigo?"

"Por que eu deveria estar?"

"Porque o aluno dele, que frequenta uma universidade de prestígio, posa para fotos como essa".

"Não julgo as pessoas por explorarem outros caminhos", respondeu ele. "É disso que se trata a vida, não é? Descobrir o que você gosta, o que você não gosta e depois tomar decisões."

"Obrigado."

"Por quê?"

"Obrigado por não ser um idiota", disse ele. "Desculpe minha língua, mas tenho certeza de que outros professores desta universidade me teriam expulsado. Ou isso, ou eles exigiriam sexo oral ou algo assim."

"Na verdade, eu estava prestes a solicitar seus serviços."

Ela estava surpresa.

"A sério?"

"Estou só brincando. Você provavelmente está certo. Outros professores poderiam ter interpretado esse email como um pedido sexual. Mas eu não sou como outros professores. Entendo que as pessoas cometem erros com os emails."

"E as fotos em si?" ela perguntou. "Você considera um erro da minha parte?"

"Você sim?"

Samantha sentou-se ereta e desafiadora.

"Não, eu não sei. Tenho orgulho das fotos que eles tiraram de mim. Acho que são lindas e artísticas."

"Se é isso que você pensa, quem sou eu para julgar?"

"Estou feliz que resolvemos isso", respondeu ela aliviada.

"Por que você não incorpora isso em seu romance? Você sugeriu temas de sexualidade para a história que planeja escrever, então por que não incorporar um pouco disso? Você não precisa entrar em detalhes, mas fale sobre sua própria exploração".

"Sinceramente, não sei se posso fazer isso."

"Você tem experiência com o estilo de vida dessas fotos?", Perguntou ele.

Ela negou com a cabeça.

"Na verdade, não ".

"Por que não, se posso perguntar?"

Samantha pensou por um momento.

"Eu nunca encontrei alguém em quem eu possa confiar. Quero dizer, fazer sexo é uma coisa, mas submissão é outra coisa. Eu sinto que é muito mais íntimo e deve ser compartilhado apenas com a pessoa certa."

"É por isso que eu gosto de você. Você é inteligente, talentoso e forte. Existem muitos idiotas por aí. Mas um verdadeiro relacionamento submisso ao Mestre é baseado em confiança e carinho. O Mestre deve respeitar o submisso. Deve haver confiança. submisso pode ser completamente livre para deixar ir. "

Um sorriso apareceu em seu rosto.

"Como você sabe tudo isso?"

"Normalmente não falo sobre isso, mas fui mestre de várias mulheres em minha vida. As mulheres eram muito submissas e me deram total obediência. Em troca, cuidei delas emocional e sexualmente. Elas eram relações baseadas em confiança e entendimento mútuo".

Por um momento, Samantha ficou impressionada.

Ela esperava que a consulta no escritório fosse dolorosamente estranha.

Em vez disso, o que ela recebeu foi uma professora sexualmente avançada que aparentemente a entendeu.

"Tudo bem", ela disse. "Acho que ele está certo. Faz sentido incorporar algumas dessas coisas no meu projeto de escrita. Nem tudo relacionado à escravidão, obviamente, mas a auto-reflexão e descoberta."

A professora dobrou o papel.

"Então agora você não precisará de todas as minhas anotações, pois a história mudou. Mas leve-as com você. Sugiro que você encontre uma nova história para a segunda metade do seu romance, juntamente com um novo final. Muitos estudantes consideram esse curso revelador. Eles aprendem coisas sobre si mesmos durante o processo de escrita. É isso que eu amo ensinar. "

Uma sensação de decepção tomou conta de Samantha quando a professora colocou o papel dobrado na frente dela.

"Nosso encontro acabou?" ela perguntou.

"Sim. Obviamente você tem que mudar partes da sua história, então meus comentários são basicamente inúteis."

"Podemos nos encontrar de novo? Eu ainda queria conversar com você por algum conselho de escrita."

"Podemos discutir a escrita depois que você lidar com sua trama."

Um novo senso de confiança e compreensão tomou conta de Samantha.

Foi como uma epifania.

Seu amor pela escravidão e pela escrita aparentemente se uniu pela primeira vez.

Ela assentiu.

"Obrigado por tudo. Você é o melhor."

"Por que tenho a sensação de que você está planejando alguma coisa?"

"Apenas meu primeiro romance", ele sorriu.

"Eu queria dizer o que disse. Gosto do fato de você ser cauteloso com suas fantasias e seu corpo. Se eu posso lhe ensinar uma coisa, seria não fazer nada estúpido com seu corpo. Respeite a si mesmo. Essa é a coisa mais importante que posso ensinar. uma jovem como você. "

Naquele momento, Samantha tinha sentimentos pela professora.

Ele sentiu isso em sua mente, coração e entre as pernas dela.

Ela sabia disso.

E a professora percebeu o que ela devia estar pensando.

SEGUNDA PARTE
AS IMAGENS

29

CAPÍTULO I

Algumas semanas se passaram.

Com o sucesso alcançado na galeria de arte, a fotógrafa pediu a Samantha que retornasse ao estúdio para tirar mais fotos, e ela aceitou com prazer.

Era sua chance de escapar do estresse da vida e desfrutar de uma fantasia.

Além disso, o dinheiro que eu conseguiria por isso era bom.

Como guarda-roupa, ela usava uma pequena roupa preta, composta por um sutiã e calcinha de couro.

Ele também usava botas pretas.

Finalmente, e mais importante, ele usava a pequena máscara preta.

Deus não permita que alguém a reconheça.

Enquanto vestia a roupa e a máscara, Samantha sentiu uma onda de excitação enquanto se preparava para a sessão de fotos.

De uma maneira estranha, ela entendeu as necessidades dos viciados.

Esse era o seu vício.

Algo que ele desejava emocional e fisicamente.

Quando ela estava pronta, ela entrou no estúdio onde o fotógrafo estava preparando sua câmera.

As luzes, acessórios e fundos já estavam no lugar.

Eles tiveram suas conversas e piadas habituais.

Samantha expressou sua gratidão e felicidade por os outros retratos terem vendido bem.

O fotógrafo observou que tudo era graças a ela.

"Vamos continuar de onde paramos?" perguntou o fotógrafo, segurando a câmera na mão, com a alça em volta do pescoço.

"Na verdade, eu gostaria de tentar algo um pouco diferente hoje."

Ele parecia aberto a isso.

"Você tem algo em mente?"

"Na verdade não. Eu não sei. Mas me sinto um pouco mais aventureira."

Ele pensou por um momento.

"Que tal mostrar um pouco mais de pele? Eu sei que você sempre se preocupou com isso, mas mais pele geralmente ajuda nas vendas."

Após um breve momento de hesitação, Samantha puxou o lado esquerdo do sutiã para baixo, revelando parcialmente seu pequeno mamilo rosa.

"Que tal?" ela perguntou.

Ele permaneceu profissional sobre isso.

"Podemos fazer assim. Claro. E a escravidão? O mesmo de antes?"

"Mãos nas suas costas desta vez. E de joelhos. Gosto de quão vulnerável vou parecer."

"Havia algo em seu café hoje?" ele brincou.

"Deixe. A única coisa que acontece é que eu sou uma mulher com uma idéia em mente."

"O que você disser. Gosto dessa idéia. Vamos começar com isso. Vou amarrar seus pulsos por trás."

O fotógrafo abaixou a câmera e a deixou pendurada no pescoço.

Então ele foi para as cordas.

Samantha se virou e colocou as mãos atrás das costas.

Antes que ele amarrasse as cordas a ela, ela o deteve.

"Espere, espere um momento."

Samantha estendeu a mão e abaixou um pouco a parte direita do sutiã, expondo seus dois pequenos mamilos rosados.

Então ela rapidamente colocou as mãos atrás das costas.

"Ok, agora estou pronta", disse ela.

O fotógrafo amarrou a corda e deu um nó, juntando as mãos de Samantha.

Isso lhe deu uma estranha sensação de satisfação, especialmente agora que seus mamilos estavam expostos.

"Agora estamos prontos para seguir em frente. Faça-me uma pose. Já que você se sente aventureiro hoje, vou deixar você improvisar. Faça o que quiser."

Samantha encarou a fotógrafa, que deu alguns passos para trás e começou a tirar fotos.

Isso a fez se sentir estranha para um homem tirar fotos de seus mamilos nus, enquanto suas mãos estavam atadas.

Foi tão emocionante e ela sentiu um zumbido entre as pernas e sensações de formigamento nos mamilos.

Não havia muito que ele pudesse fazer com os braços.

E ela estava acostumada a receber instruções durante a modelagem.

Então o começo foi um pouco estranho.

Pouco a pouco ela se acostumou, movendo os ombros, quadris e pés para formar poses diferentes.

Então ele se ajoelhou.

Uma pose vulnerável.

Ele tirou fotos diferentes de diferentes ângulos.

Ela rolou para o lado.

Ele tirou mais fotos.

Ela rolou, pressionando o estômago e os mamilos no chão.

Ele tirou fotos da bunda dela.

Então ela rolou de costas, as mãos amarradas atrás dela, os mamilos apontando para o ar.

Ele tirou mais fotos e sentiu uma onda de adrenalina.

Graças a Deus pela máscara, que lhe permitiu preservar sua identidade quando essas imagens seriam publicadas em várias galerias de arte, vistas por Deus sabe quantas pessoas.

Exibicionismo foi uma emoção estranha para ela.

Mas não tanto quanto submissão.

CAPÍTULO II

Depois de uma rápida sessão de masturbação em seu quarto, Samantha lavou as mãos e se acomodou na cama.

Ela sentou-se ereta, de costas contra o travesseiro e o laptop no colo.

Recém tirada da sessão de fotos, ela estava armada de novas emoções e experiências, o que era perfeito para um escritor amador como ela.

Ele abriu o processador de textos e continuou sua tarefa de escrever, que também seria a base para seu primeiro romance.

Eu já tinha várias páginas criadas.

Enquanto escrevia Samantha, ela se deparou com um obstáculo.

Ele se perguntou quanto de sua vida pessoal ele usaria.

Ele se perguntou até que ponto o personagem da história escolherá explorar.

E explorar o que?

A fantasia de Samantha era submissão sexual.

Isso é o que ela sempre desejou.

Era isso que ela queria.

Mas colocar isso no livro permitiria que seus amigos e familiares conhecessem seus pensamentos internos, porque todos estariam lendo.

Eles se perguntavam se Samantha estava escrevendo uma história puramente ficcional, ou se ela estava expressando seus próprios desejos e usando o livro como um meio de comunicação.

Era o dilema do escritor.

Felizmente, ela conhecia o homem com quem podia conversar sobre isso.

Ele abriu sua conta do Gmail e viu que ele tinha dois e-mails.

Um de um amigo, o outro do fotógrafo que acabou de enviar por e-mail o último conjunto de imagens que eles fizeram juntos naquele dia.

Mas isso não era importante no momento.

Ela escreveu uma mensagem com um cabeçalho direto: podemos nos ver?

"Oi professor,

Eu espero que você esteja bem. O progresso em minha tarefa de redação tem sido constante, mas cheguei a um obstáculo em termos de história.

Mais especificamente, estou lutando com o quanto da minha vida pessoal devo incluir nela. E sim, estou me referindo ao tópico que discutimos em seu escritório há algumas semanas. Tenho certeza que você entende como eu deveria me sentir sobre isso.

Por favor me ajude!

Samantha "

Enviou a mensagem.

Então ela leu o e-mail da amiga e enviou uma resposta rápida.

Por fim, ele abriu o e-mail do fotógrafo, com um breve comentário e um anexo, com um total de sessenta e oito imagens.

Ela baixou o arquivo e olhou brevemente para as imagens.

Foi um pouco surreal se ver assim.

Mãos atadas atrás das costas.

A máscara que escondia sua identidade.

E os mamilos expostos.

As fotos dela de joelhos e de costas eram emocionantes.

Os entusiastas da arte erótica definitivamente comprariam essas imagens na próxima exposição de arte.

Eles foram feitos de maneira brilhante, pensou Samantha.

Ele se perguntou brevemente se deveria enviar essas mesmas fotos para a professora.

Talvez ele também gostaria de vê-los.

Ele obviamente entende as escolhas de Samantha, que ela apreciou profundamente.

Além disso, essas imagens eram um tanto relevantes para a tarefa de escrever, pois era uma expressão de sua própria sexualidade e exploração.

Samantha escreveu outro e-mail com um cabeçalho curto e uma mensagem curta para o professor.

Ele anexou o arquivo com as sessenta e oito imagens que o fotógrafo havia tirado dele naquele dia.

Ele estava enviando ao professor mais fotos da escravidão, só que desta vez, seria de propósito, não por acidente como antes.

Seu dedo permaneceu um pouco no botão 'enviar' no email.

Ela hesitou.

Então ele excluiu o email completamente.

O que o professor pensaria se ela lhe enviasse outro conjunto de fotos de escravidão?

Provavelmente ela estava tirando sarro dele, pensou, considerando que ele disse que o outro havia sido um erro.

Ou que ela estava tentando desesperadamente seduzi-lo.

Um email chegou.

Foi uma resposta do professor:

"Claro, amanhã eu estou livre às nove da manhã. Dou outra aula às dez da manhã, para que o tempo seja limitado.

Envie-me sua história. Vou ler hoje à noite e poderemos discutir amanhã.

Professor "

As coisas estavam se movendo e as rodas estavam em movimento.

Ela o enviou de volta com um anexo de sua história.

Ela se perguntou o que ele pensaria.

CAPÍTULO III

Na manhã seguinte.

A porta do escritório do professor estava aberta.

Como sempre, ele parecia estar trabalhando, olhando alguns papéis em sua mesa.

Samantha se vestiu de maneira semelhante ao seu último encontro.

Algo casual, mas elegante. Não muito sexy, nem muito pudico.

Ela não queria enviar os sinais errados, especialmente sobre o que eles discutiriam.

Depois de bater na porta, a professora viu a aluna e a convidou para entrar.

Eles trocaram algumas piadas enquanto ela se sentava em frente a ele na mesa.

Claro, eles conversaram muitas vezes na aula, mas uma reunião privada era sempre mais especial.

"Você leu tudo?" ela perguntou.

"Gostei. E gostei muito", respondeu ele. "Trabalho sólido. Você tem um bom talento. Acho que sua força como escritor é o seu realismo. Há uma grande profundidade nos personagens."

O orgulho explodiu dentro de Samantha, mas ela conseguiu contê-lo.

"Obrigado. Eu pensei muito sobre isso."

"Tenho certeza que sim. Como tarefa de redação, este provavelmente é um trabalho de nível A", explicou. "Mas você não está satisfeito com isso, está? Você quer se tornar um romancista."

"Assim é."

A professora pegou alguns papéis.

"Algumas anotações que eu fiz, que queria discutir com você. São exemplos simples para expandir suas descrições e histórias secundárias, para que você possa completar um bom livro. Embora eu não espere que você faça isso agora. Francamente, se cada aluno me desse um longo romance, eu seria envolvido. constantemente lendo ".

Samantha pegou os papéis e seus olhos rapidamente leram as anotações.

"Isso é incrível. Obrigado."

"Não há necessidade de me agradecer."

"Ele faz isso para todos os alunos?" ela perguntou.

"Somente para estudantes que querem se tornar romancistas e querem um nível extra de crítica. Estou sempre pronto para ajudar nesse sentido."

"Você já dormiu com um aluno?" ele perguntou sem rodeios, sem se preocupar com as possíveis consequências.

"Porque me pergunta isso?"

"Estou pesquisando personagens para minha tarefa de redação."

Ele sorriu.

"É mesmo? Você é uma garota direta, sabia disso?"

"Garotas tímidas não podem entrar em uma escola como essa. Com certeza."

"Você provavelmente está certo sobre isso."

"Então, qual é a resposta?"

"Eu fiz isso com um aluno há alguns anos", ele respondeu. "Mas lembre-se de que eu não era um perseguidor. Nunca persegui sexualmente um estudante."

"Então, como isso aconteceu?"

"Digamos que tínhamos um amigo em comum e nos conhecemos em uma festa. Uma festa de swingers. Nós dois tivemos fins opostos do mesmo interesse. Ela era uma submissa incondicional. Eu era um mestre experiente. Você pode imaginar o resto."

"Interessante."

"Isso realmente vai estar na sua história?"

"Provavelmente", ela respondeu. "Na minha história, a jovem forma um relacionamento com um homem muito mais velho, que tem muito mais experiência na vida."

"Bonito também, espero."

"Oh sim."

"Falando nisso, você mencionou algo em seu e-mail sobre a incorporação de sua vida pessoal em sua história."

Samantha acenou com a cabeça.

"Isso mesmo. Meu coração e minha mente querem levar a história na mesma direção. O ponto é que essa direção envolve, você sabe, sexo. A maioria dos jovens passa por essa fase, onde apenas deseja explorar o sexo e suas relações. beleza. Acho que é por isso que está fluindo na minha escrita. "

"E você está preocupado que as pessoas o julguem com base no conteúdo da sua história."

"Exatamente. Ele passou pela mesma coisa com seus livros?"

"Claro que sim. Mas é diferente. Eu sou um homem. Você é uma jovem. A sociedade tem padrões diferentes para nós quando se trata de sexo. Mas se você está procurando uma resposta minha a esse respeito, desculpe, não posso lhe dar uma. Resposta. Isso tem que ser seu. Essa é sua arte, sua história, não minha. "

Samantha pensou por um momento e assentiu.

"Posso te mostrar uma coisa?"

"Claro."

"Espere um segundo."

Samantha pegou o telefone e procurou nas fotos.

Então ele entregou o telefone ao professor.

"São de uma sessão de fotos que fiz ontem", explicou. "Eu quase enviei para você ontem, mas não achei apropriado."

Ele revisou as imagens explícitas.

"Então por que você acha que é apropriado agora?"

"Porque eu valorizo sua opinião. E eu queria mostrar a você que segui seu conselho desde a última vez que nos conhecemos. Ele me disse para respeitar meu corpo. Bem, eu sim. Sim. Sim. Essas poses foram minha ideia. Essa é a minha fantasia e minha expressão sexual. como uma jovem saudável. "

O professor olhou as fotos no telefone novamente.

"Você certamente parece uma jovem saudável."

Ele devolveu o telefone para ela e Samantha o guardou.

"Posso fazer uma pergunta pessoal?"

"Por que não? Nós já estamos ficando pessoais."

Ela engoliu em seco.

"Como mestre, o que você faria com seu submarino, se ela estivesse nessa posição? De joelhos, com as mãos amarradas."

"Alguma razão específica para você querer saber disso?"

"Só estou curioso. Isso ajudará na minha tarefa de escrever, pois eu entenderia o que um verdadeiro mestre faria nessa situação."

Ele pensou por um momento.

Talvez ele estivesse pensando no que faria.

Talvez ele estivesse pensando se deveria dizer ou não.

Samantha não conseguiu dizer.

Por fim, o professor deu sua resposta:

"Eu treinaria sua garganta."

Ela ficou brevemente surpresa.

"Suponho que você quis dizer ..."

"Garganta profunda. Desculpe pelo idioma, mas é o que eu faria. É a coisa mais óbvia nessa posição, certo? Você está de joelhos. Com as mãos amarradas nas costas, você não será capaz de resistir à minha entrada pela boca."

Samantha sentiu sua boceta apertar.

"Isso certamente faz sentido."

"Bem, é assim que você cria uma boa história. Você imagina todos os cenários e o que aconteceria a seguir. Como os diferentes personagens reagiriam em cada situação. É assim que você deve pensar."

"Eu sei."

Ele levantou uma sobrancelha.

"Parece que você tem mais da sua história completa do que me enviou por e-mail."

"Enviei tudo para ele", disse ele com uma expressão brincalhona. "Eu também tenho muitas idéias, mas ainda não as escrevi. Preciso superar a ansiedade de que as pessoas conheçam meus pensamentos".

"Os autores não podem forçar limites se estiverem preocupados com o que as pessoas pensam. Isso é certo."

"Você tem algum conselho para isso?" Ele perguntou com uma voz levemente estridente, como se estivesse sugerindo algo.

"Bem, eu escrevi todos os meus romances da mesma maneira, que é produzir a melhor história possível que quero contar, e esperando que as pessoas gostem de lê-la."

"Tem sentido."

"Mas não vou recomendar a você, dada a natureza do que estamos discutindo", acrescentou. "Tem que ser sua decisão que tipo de história você deseja contar, quão honesta é e quanto sexo você deseja incluir".

"E se eu quisesse, você sabe, forçar os limites?"

"Essa é sua decisão. Mas, como eu disse, não seja estúpido. Este mundo está cheio de pessoas que querem usá-lo para fazer sexo."

"E se eu quisesse ser usado? "

A professora olhou diretamente nos olhos dela.

Ela retornou o olhar dele.

Nenhum deles era ignorante.

Eles sabiam exatamente o que estava passando na mente um do outro.

"Estou velho demais para brincar, Samantha", disse o professor. "Eu já fui generoso com meu tempo e feedback. Então, se você quer algo mais de mim, não brinque, apenas seja uma mulher adulta e diga."

Samantha sentiu um aperto no peito.

Ela inspirou e expirou mais alto.

"Você vai me ajudar? Você vai me ensinar?" Ele já disse com confiança.

"Ensinar o que, exatamente?" ele perguntou abruptamente, como um professor repreendendo um mau aluno por ser muito impreciso. "Seja claro."

"Você seria meu mestre?"

"Essa escolha é um presente", disse ele. "Você tem que escolher sabiamente."

Ela respirou fundo.

"Eu cometi um erro horrível? Deus, eu sou um idiota. Sinto muito. Por favor, eu estou te implorando, não deixe que isso arruine nosso relacionamento acadêmico. Eu realmente quero continuar trabalhando com você."

"Você é barulhento quando tem orgasmos?" ele perguntou sem rodeios.

"Desculpe?"

"É uma pergunta simples. Acho que você me ouviu direito."

Ela limpou a garganta.

"Estou quase normal. Mas tudo depende, é claro, do meu humor e de como me sinto."

"Levante sua camisa, depois levante seu sutiã para expor seus mamilos, como nessas fotos."

Foi o momento da verdade.

A primeira vez que Samantha se submeteria a um homem.

Ele levantou sua camisa cuidadosamente passada para revelar sua barriga nua.

Depois, mais alto, para revelar seu sutiã branco, que continha seus seios um tanto perturbados.

Então ela levantou o sutiã para revelar seus pequenos mamilos rosados.

"Essa é sua ideia de me dominar?" ela perguntou, quase desafiando-o a fazer mais.

"É um começo. Você quer ir mais longe?"

"Sim."

"Brinque com seus mamilos. Aperte. Aperte. Eu gostaria de ver como você faz isso."

Samantha obedeceu à professora.

Ele beliscou e apertou seus pequenos mamilos rosados enquanto eles continuavam olhando nos olhos um do outro.

"Esta é minha iniciação?" ela perguntou.

"Não exatamente. Ainda não."

Ela continuou acariciando seus peitos.

"Não é?"

"Primeiro, terei que ver como você é corajosa. Uma sessão de fotos é uma coisa, a vida real é outra", explicou. "Desabotoe suas calças. Brinque com sua vagina nua por mim. Bem ali. Orgasmo, mas faça silenciosamente. Então discutiremos como aumentar seus limites mais tarde."

Ela começou a desabotoar as calças.

"Eu posso lidar com isso."

"Isso faz você se sentir desconfortável?"

"É meio estranho", ela respondeu com um leve encolher de ombros. "Mas é emocionante."

Com as calças desabotoadas, ela deslizou a mão direita pela calcinha e esfregou o clitóris.

Eles mantiveram contato visual enquanto ela se masturbava, como se fosse um desafio de algum tipo.

"O que você está pensando?" Eu pergunto.

"Você realmente quer saber?"

"Claro que sim."

Samantha continuou brincando com seu clitóris.

"Ambos fazendo uma sessão de fotos juntos. Uma sessão de escravidão."

"O que estaríamos fazendo?"

"Você me amarraria. Então você treinaria minha garganta."

"Duro ou macio?"

Ela sorriu.

"Por que você não me conta?"

"Eu sou sempre legal", ele respondeu, vendo seu aluno se masturbar por ele. "Eu prefiro tomar meu tempo e ir devagar. Se eu te engolir, seria quase romântico, de uma maneira estranha. Eu iria muito devagar. Certificando-me de que você pode tomar a quantidade correta. Quando você está acostumado, isso vai um pouco mais rápido, um pouco mais difícil. "

Samantha esfregou o clitóris mais rápido enquanto ouvia a professora falar.

Ela imaginou o cenário que narrou enquanto ele falava.

"Oh Deus", ele engasgou, esfregando-se mais rápido.

"Eu acho que você está pronto para ser um submisso. E talvez eu gostaria de ser seu mestre."

Samantha engasgou as palavras 'oh deus' novamente quando chegou ao clímax.

Não havia vergonha ou semelhança quando ela veio, olhando a professora nos olhos.

Ela ficou quase sem fôlego por um momento quando seu corpo ficou tenso e depois ela se soltou.

Ela tremeu um pouco quando tudo acabou.

A professora se levantou e foi até o aluno, que ainda estava se recuperando do orgasmo.

"Muito bem", disse ele.

A professora vestiu o sutiã de Samantha e empurrou os seios para cobrir os mamilos.

Então ele abaixou a blusa dela, certificando-se de que era agradável e arrumado.

Então ele a ajudou a abotoar as calças.

Quando a professora terminou de vestir Samantha, ela parecia nova, com uma expressão brilhante no rosto e as pontas dos dedos levemente molhadas.

"Qual é o próximo?" ela perguntou. "Para nós."

"Próximo? Eu tenho uma aula em breve. Eu tenho que ir. E se não me engano, você também tem uma aula em breve."

"Tenho-a."

"Você quer que nos encontremos de novo?"

Ela assentiu.

"Quero isso."

"Apenas para discutir sua tarefa de redação?"

Ela hesitou, sua voz tremendo.

"Quero que você continue com isso. Meu treinamento. Essa experiência é útil para o meu processo de escrita."

"E que mais?"

Ela sabia exatamente o que o professor queria ouvir.

"E eu acho isso muito emocionante", ela respondeu honestamente. "É a minha grande fantasia. Eu vim para você, pensando em você. Quero ser sua submissa."

"Segunda-feira. Venha aqui, ao meu escritório, às sete da manhã."

"Porque tão cedo?"

"No caso de você gritar acidentalmente, não quero que ninguém ouça."

Os olhos de Samantha se arregalaram e sua boceta se apertou.

CAPÍTULO IV

No fim de semana, ela participou de outra sessão de fotos com o mesmo fotógrafo.

No mesmo estudo.

Com os mesmos acessórios.

As imagens eram mais arriscadas quando ela se sentiu à vontade com sua sexualidade e preferências submissas.

Ela pediu que as cordas fossem apertadas.

Ela queria tentar sentir como era ser uma verdadeira submissa.

E ela fez exatamente isso.

O resultado final foi muito erótico, mas feito com prazer.

Samantha estava mais uma vez de joelhos, os pulsos amarrados na frente dela e uma máscara negra no rosto.

Durante a sessão de fotos em todas as expressões corporais que ela apresentava, ela exalava uma alta sensualidade, porque pensava constantemente que o professor a estava treinando.

De volta ao quarto, Samantha escreveu sem parar e com grande intensidade em seu laptop, sentada em sua posição favorita de escrita, em sua cama, com as costas contra o travesseiro.

Sua colega de quarto, Vicky, estava deitada na cama adjacente, vestida apenas com uma camiseta.

Quando Vicky esticou o corpo, sua boceta estava exposta, mas ambos estavam acostumados ao corpo um do outro.

"Tudo o que você faz é escrever", disse Vicky. "Você nunca fica entediado com essa coisa?"

Samantha continuou escrevendo.

"De maneira nenhuma."

"Você provavelmente obterá boas notas neste semestre com tudo o que escreveu. Vamos sair para comer hambúrgueres e smoothies".

"Eu preciso assistir minha dieta."

"Então apenas coma o hambúrguer e pule o smoothie."

Samantha fez uma pausa e olhou para a colega de quarto.

"Isso não é uma má idéia. Faz muito tempo desde a última vez que comi um hambúrguer."

"Meu presente. E eu sei exatamente o lugar", disse Vicky, pulando da cama.

Samantha estava prestes a fechar o laptop quando se lembrou de algo.

Ela procurou as fotos.

"Espere, posso mostrar uma coisa muito rapidamente?"

Vicky se aproximou e olhou para as imagens explícitas no laptop.

Imagens de Samantha parcialmente nua, de joelhos, pulsos amarrados e poses sensuais impressionantes.

"Maldita garota", exclamou Vicky. "É realmente você?"

"Sim."

"Eu não tinha ideia de que você poderia ser tão ..."

"Símbolo sexual?" Samantha brincou. "Eu tento manter esse lado escondido."

Vicky riu.

"Bem, faça o que fizer, continue. Nesse ritmo, você nem precisará de um diploma universitário, você pode ser um modelo profissional."

"Prefiro minha carreira profissional atual."

"O que quer que funcione para você. Enquanto isso, estou com fome. Vamos nos vestir."

Samantha observou sua colega de quarto ir ao armário e tirar a blusa, deixando-a completamente nua.

Como sempre, Samantha sentiu um pouco de admiração porque Vicky foi abençoada no departamento de seios, com peitos grandes atraentes, mas Samantha tentou não ficar com ciúmes.

Ela também se sentiu um pouco culpada por não contar à colega de quarto sobre a situação com a professora.

Desde o colegial, eles sempre foram honestos com tudo, especialmente sobre os meninos.

Eles nunca guardaram segredos um do outro.

Mas isso foi diferente.

A professora fez Samantha prometer não contar a ninguém, e ela sempre cumpria sua palavra.

Antes de sair da cama, Samantha rapidamente abriu sua conta do Gmail e escreveu uma mensagem para a professora.

Ela anexou a versão mais recente de sua tarefa de redação.

Ele então anexou as últimas fotos da escravidão que ele havia tirado naquele dia.

Enviei.

Samantha guardou o laptop e tirou a roupa, despindo-se ao lado da colega de quarto.

Eu precisava urgentemente comer algo rico em calorias.

TERCEIRA PARTE
AS CORDAS

CAPÍTULO I

Quando ela chegou na segunda-feira de manhã, Samantha não estava mais preocupada com sua roupa ou aparência.

Não como ele havia sido nas outras ocasiões em que se encontrou com o professor.

Ela já estava acostumada a ver o professor em particular e já havia se masturbado para ele.

Ela usava uma blusa lisa, o cabelo preso em um rabo de cavalo e maquiagem leve no rosto.

Também era muito cedo para vestir qualquer outra coisa.

Havia também as breves instruções que o professor lhe enviou por e-mail na noite anterior.

Ele pediu para ela usar uma saia curta e não usar calcinha.

Um pedido que ela estava ansiosa para cumprir, embora não tivesse ideia do que iria acontecer.

O professor chegou ao prédio aproximadamente ao mesmo tempo.

Durante essa hora do dia, quase ninguém estava por perto.

Ela estava carregando sua mala de escritório habitual, que geralmente continha seu laptop e livros para a classe, juntamente com as chaves na mão para abrir a porta do escritório.

Nesse ponto, seu relacionamento se tornou casual e, ao se verem, se perguntaram sobre o fim de semana um do outro.

Samantha sentiu que ele se tornava um pouco mais paquerador, e a professora era muito menos severa do que na sala de aula.

O professor trancou a porta quando eles entraram no escritório, o que era incomum, pois ele nunca a trancava quando estavam dentro.

Quando eles se sentaram um diante do outro, a conversa mudou.

"Eu li o seu documento", disse ele. "E eu vi suas fotos."

Isso a deixou nervosa por algum motivo que ela não conseguia explicar.

Ela tentou esconder o fato de que ele estava um pouco desconfortável, já que ele não queria mostrar nenhum tipo de fraqueza.

"O que você achou de tudo isso?"

"Eu acho que sua escrita é sólida. A estrutura da história é boa. Gramática impecável. Você tem um ótimo entendimento do idioma inglês e eu gosto que você varie as descrições. Mais importante, a história e os personagens estão bem desenvolvidos. Parece autobiográfico. É vívido. Eu gosto disso. "

Em qualquer outro momento, Samantha ficaria completamente lisonjeada com os elogios que acabara de receber de uma professora que respeitava profundamente.

Mas agora, enquanto ela estava sentada sem calcinha, essa era a última coisa em sua mente.

"O que você achou das fotos?"

"Você é uma jovem bonita, Samantha", disse ele. "Eu sempre pensei isso em você."

"Você queria que eu viesse aqui às sete da manhã, quando não havia mais ninguém por perto. Você me disse para usar uma saia. E eu também não estou usando calcinha".

"Então, você veio aqui apenas para ser treinado, é isso?"

Ela assentiu.

"Estou me fazendo de bobo?"

"Levante-se e aguarde."

Samantha se levantou, ajeitou a blusa e a saia para parecer elegante e olhou para a frente.

A professora também se levantou e se aproximou dela, olhando atentamente para o rosto bonito e jovem, tentando ler suas expressões faciais.

Os lábios de Samantha pareciam apertar.

Seu corpo estava tenso e rígido, mas havia um pequeno brilho nos olhos, como se ele esperasse muito tempo por isso.

"Eu realmente gosto de você, Samantha", disse ele. "Você é inteligente, motivado, muito gentil e bonito."

"Obrigada", disse ela, quase num sussurro.

"Eu tenho que lhe dizer que eu gosto de ser mestre. É algo que eu levo muito a sério. E eu sempre dou o máximo cuidado aos meus servos."

Funcionários? Samantha gostou de onde isso estava indo.

"Eu entendo", ela respondeu.

"E você? Por causa da nossa diferença de idade e da minha posição na universidade, nunca podemos sair. Nunca podemos voltar romanticamente. Isso te incomoda?"

"Eu posso guardar um segredo. E eu estou muito ocupada para ter um namorado."

"Então, a doce Samantha está procurando um mestre? Por pura necessidade sexual, não é?"

"Eu acho que você já sabe disso", ele disse suavemente.

"Você já pensou sobre isso? Eu sou seu primeiro mestre? Me entregue completamente? Eu nunca irei até o meio. Quando você for minha, farei o que quero com você. Vou empurrá-lo para seus limites. Mas se você quiser terminar isso , terminará. "

A boceta de Samantha se apertou.

"É isso que estou procurando. Sempre quis, você sabe, ser uma submissa. E quero estar com você."

"Porque eu?" ele perguntou.

Ela estava nervosa.

"A partir de sua experiência com isso. Eu amo que você seja tão cuidadoso. E eu amo como você pensa. Quem você é. Eu amo todo o tema professor-aluno. Eu amo o poder autoritário que você tem sobre mim."

"Levante sua saia."

Samantha levantou a saia para revelar sua buceta raspada e bunda nua.

Ela estava nervosa e suas mãos tremiam levemente enquanto segurava a saia.

"Você é mais bonita pessoalmente do que nas fotos", disse ele.

"Obrigado."

"Agora se incline. Coloque as mãos na minha mesa. Abra as pernas."

Samantha obedeceu.

"O que vai fazer?"

"Vou fazer um grande favor a você. Isto é para a sua tarefa de escrever. Gosto de onde sua história está indo. Mas você tem algumas coisas a aprender. Se você quiser escrever corretamente sobre uma jornada sexual, então como seu professor, eu gostaria que você o fizesse. experimente em primeira mão. "

A boceta de Samantha torceu enquanto ela mantinha sua posição na mesa.

Ele manteve os olhos fixos à frente enquanto o professor procurava sua bolsa de escritório.

Eu não tinha ideia do que estava procurando, nem queria procurar.

Eu estava com muito medo de olhar.

Ela simplesmente queria deixar as coisas progredirem.

As mãos dele começaram a esfregar a parte inferior lisa e as coxas tonificadas.

"Que pernas bonitas", observou ele. "Vou colocar um plug na sua bunda. Você já sentiu um desses antes?"

"Não. Você acha que eu vou gostar?

"Se você relaxar e fizer o que eu digo, você poderá desfrutar de muitas coisas."

O professor amassou sua bunda como se fosse massa.

Apertando com força e massagem.

Quando ele abriu a bunda, Samantha se sentiu muito exposta.

Ela sabia que ele estava olhando profundamente em seu ânus.

Então ele lançou.

"Isso pode parecer um pouco frio", disse ele, abrindo um lubrificante.

O corpo de Samantha estremeceu quando a professora tocou seu ânus com os dedos lubrificados, mas ela rapidamente recuperou o controle, mantendo-se imóvel.

Dedos circularam seu ânus antes de empurrar, cobrindo seu reto com o lubrificante anal.

"Você gosta de sexo anal?" Eu pergunto.

"Oh sim. Mas apenas se eu estiver de bom humor. Como você pode ver, eu estou um pouco apertado lá atrás."

"Parece que sim. Agora relaxe, isso vai parecer um pouco estranho no começo, mas você vai se acostumar. Prometo."

Depois de afastar o dedo, a professora pressionou um plugue no anel do ânus de Samantha.

Eram dez centímetros.

Gerenciável para qualquer jovem.

Ele deu um empurrão suave e o tampão atravessou o anel do ânus, graças ao lubrificante.

O corpo de Samantha torceu e ofegou, mas ela manteve a compostura.

Ela empurrou até ficar completamente dentro.

O plugue traseiro foi projetado para caber dez centímetros e depois foi parado por uma superfície plana, para que Samantha pudesse sentar-se mais tarde sem muita dificuldade.

"Agora, vou inserir algo na sua vagina", disse ele. "Um pequeno vibrador que só eu posso controlar".

Samantha balançou a bunda.

"Estou à sua mercê."

"Boa menina."

O professor enfiou a mão na mochila do escritório e tirou um pequeno vibrador de cerca de quinze centímetros, com tiras para amarrá-lo.

Ele separou os finos lábios castanhos de Samantha, revelando sua abertura rosa.

Ela estava molhada, então ele sabia que ela estava animada.

Então ele pressionou o vibrador contra seu buraco molhado e empurrou.

A entrada era fácil, principalmente porque as pernas de Samantha estavam abertas e seu sexo era excitado.

Polegada por polegada, o vibrador abriu caminho na boceta de Samantha.

Ela apertou a mão na mesa, apreciando a sensação da entrada, e também apreciou o fato de que era a professora que estava fazendo isso.

Uma vez que o pequeno vibrador estava totalmente inserido, a professora prendeu as tiras nas pernas e nas costas de Samantha, até que o vibrador estivesse completamente seguro.

"Não importa o quão difícil essa coisinha vibre, eu não vou a lugar nenhum." Ela pensou

"Agora sente-se", disse o professor.

Samantha se endireitou, ajeitou a saia e sentou-se no banco em frente à mesa.

Foi um pouco estranho como eu esperava.

Foi a primeira vez que ele usava um plug anal, e era estranho sentar-se.

Seu reto estava esticado e ele sentiu que sua bunda já estava doendo.

O vibrador amarrado dentro de sua vagina também era uma sensação estranha.

Eu nunca senti nada assim antes.

Normalmente, quando algo desse tamanho e forma estava dentro de sua vagina, Samantha estava de costas, ou de quatro, sem sentar.

Combinado, o sentimento era surreal.

Seus dois buracos estavam cheios de brinquedos sexuais.

E foi por uma razão.

Por mais desconfortável que fosse, também era sexualmente excitante.

"Em seguida, vou amarrá-lo na cadeira", disse ele.

Ela engoliu em seco.

"Eu posso lidar com isso."

O professor foi fiel à sua palavra.

Dentro de sua bolsa de escritório havia cordas azuis que pareciam ter uma textura suave.

Quando o pulso esquerdo de Samantha foi amarrado à cadeira, ela viu que estava certa.

A corda parecia macia contra sua preciosa pele.

O nó do professor parecia profissional e correto.

E ele fez isso com a quantidade perfeita de pressão.

O mesmo processo foi repetido com o pulso direito.

Então vieram seus tornozelos.

Ela observou a professora habilmente repetir o processo com cada um de seus tornozelos.

Ela olhou para ele e ficou maravilhada com as habilidades dele.

Ele certamente era um mestre experiente, especialmente quando se tratava de cordas, pensou.

Não é de admirar que o professor tenha entendido tão bem as fotos de escravidão de Samantha, já que ele tinha exatamente o mesmo fetiche, ele pensou.

Quando acabou, Samantha estava completamente amarrada à cadeira, com brinquedos sexuais na bunda e na vagina.

Era um tipo diferente de euforia do que participar de uma sessão de fotos.

Essa era a vida real.

E ele estava completamente à mercê de seu professor, a quem admirava profundamente.

Ele se recostou, apoiando o traseiro na mesa, olhando para o trabalho.

Samantha amarrada ao assento.

"Eu gostaria que você pudesse se ver", disse o professor. "Tão bonito, tão desamparado. O show perfeito de submissão."

Ela assentiu.

"Graças a você."

"É isso que você esperava? Como você se sente? Você se arrepende disso? É humilhante? Diga-me e seja preciso."

Ela reuniu seus pensamentos.

"Eu me sinto vivo. Como se estivesse seguro com você. Porque eu sei que você nunca me machucaria. Há um conforto nisso. E eu amo estar sob seu controle. Seu controle sexual. Me entregando a você. Não sei se eu poderia explicar completamente." mas é assim que me sinto. "

"Aí está", observou ele. "Esses são os pensamentos que você precisa para se tornar um grande romancista algum dia. Você está se tornando uma mulher em sintonia consigo mesma. Florescendo."

"Eu também quero sentir isso."

"Estou um passo à sua frente", disse ele, segurando um pequeno dispositivo. "Esses botões controlam o vibrador dentro de você. O que significa que agora eu controlo o seu corpo e a sua mente. Você ainda quer experimentar o estilo de vida que você anseia há tanto tempo?"

"Sim ..."

Assim que essas palavras escaparam de seus lábios, o professor apertou um botão que acionou o vibrador.

O corpo inteiro de Samantha tremeu e seu rosto estremeceu.

Seus braços puxaram involuntariamente as cordas quando ela puxou, mas sem sucesso, as cordas eram muito fortes.

"Esse é apenas o primeiro passo", disse ele.

O brinquedo sexual continuou a vibrar em sua vagina.

"Oh, Deus, isso parece ... Eu nunca usei um vibrador como este antes Parece tão ..."

O professor observou o aluno se contorcer com cuidado enquanto pressionava outro botão, aumentando ainda mais a potência do vibrador

Samantha parecia sem fôlego quando seus olhos se arregalaram e sua boca formou um O.

Ele parecia estar sem fôlego momentaneamente enquanto o vibrador trabalhava sua mágica.

"Essa é a essência da submissão", afirmou o professor. "Estou no controle total. Você está completamente perdido. E é meu dever fazer você gozar. Agora, você não precisa mais se perguntar como é. Você está experimentando isso em primeira mão, não é?"

Ela lutou para falar.

"Sim ..."

"Gostaria de orgasmo?"

Ela assentiu.

"Sim ..."

Sua voz diminuiu quando a vibração se tornou esmagadora.

Em seguida, o professor pressionou o botão que levou o vibrador ao ponto mais alto.

Isso fez com que todo o corpo de Samantha tremesse e suas mãos se apertaram.

Suas nádegas foram involuntariamente pressionadas contra a tampa do seu traseiro.

Seus olhos se fecharam e ele gemeu alto.

Quando Samantha chorou e gritou, a professora abaixou o vibrador até o primeiro ponto e Samantha conseguiu se acalmar.

"Você é muito barulhento", disse o professor. "Nós poderíamos ser pegos se você gritar assim."

"Sinto muito", ela respondeu, respirando com dificuldade enquanto o brinquedo sexual ainda zumbia em sua vagina. "Isso foi tão intenso. Eu nunca senti nada assim antes."

"Mas você ainda quer atingir o orgasmo, não é?"

Ela assentiu como um cachorrinho fofo.

"Claro que sim."

"Então eu vou ter que amordaçar você de alguma forma. Alguma sugestão do que eu posso colocar na sua boca, para mantê-lo quieto?"

Era uma pergunta retórica.

Ambos sabiam disso.

Samantha foi esperta o suficiente para entender o que o professor sugeriu.

E ela também o amava, com todo o coração.

"Seu pau".

Ele sorriu.

"Apenas para mantê-lo quieto? Ou você quer que eu treine sua boca?"

"Eu quero ser treinado. Garganta profunda, como eu tenho fantasiado."

"Boa menina."

O professor largou o controle remoto e começou a desabotoar as calças.

Samantha observou com olhos ansiosos o professor se libertar.

Ela notou que ele estava quase completamente ereto e seu tamanho era bastante impressionante.

Isso só a excitou mais.

Ele deu um passo à frente, seu pau balançando na frente do rosto de Samantha, com o controle remoto na mão novamente.

"Vou colocar meu pau na sua boca", disse ele. "Você vai chupá-la. E você vai descer até a garganta profunda. Ao mesmo tempo, eu vou fazer você gozar com o vibrador. Você me entende?"

"Sim", ele concordou.

Lembre-se desse sentimento. Use esse sentimento para escrever. Talvez você goste. Talvez você odeie. Mas pelo menos você já tentou. "

"Eu quero. Mais do que qualquer coisa."

Com isso, o professor guiou seu pênis em direção ao rosto de Samantha.

Ela abriu a boca e aceitou.

Ele deslizou entre os lábios dela e ela o envolveu, chupando-o.

O professor ofegou.

"Você tem a boca de um anjo", observou ele. "Continue chupando."

E Samantha fez isso.

Ela chupou e balançou a cabeça o melhor que pôde.

Tudo o que ele pôde fazer foi mover o pescoço para frente e para trás.

Ela trabalhou com os lábios e a língua.

Ela deu uma boa chupada para ele e virou a língua em torno da ponta da ereção dele.

Era algo que ela sabia que os homens amavam absolutamente.

E ela adorava fazer isso.

Ele também adorava sentir seu pau endurecer em sua boca.

"Relaxe", ele disse. "Eu estou indo mais fundo. Não lute contra isso."

O professor colocou a mão no topo da cabeça de Samantha, depois empurrou-o gentilmente, levando seu pênis mais fundo.

Ela engasgou um pouco, depois ele se afastou.

Agora ele conhecia os limites orais de Samantha.

A menina tinha um reflexo de vômito padrão.

Ele voltou para dentro, apenas onde estava o reflexo das náuseas de Samantha, e isso foi o mais longe possível.

Ele queria treinar sua garganta sexualmente, não fazê-la vomitar.

"Agora é quando eu vou fazer você gozar", disse ele. "Relaxe seu corpo. Agora você está sob meu controle."

O professor apertou o botão e o vibrador voltou ao ponto mais alto.

Samantha se contorceu no assento tratado como um escravo.

Suas nádegas mais uma vez apertaram o plugue em seu pequeno buraco.

Os olhos dela ficaram úmidos.

Suas mãos formaram nós apertados.

Os dedos dela apertaram dentro dos sapatos.

O pequeno escritório estava cheio do som do pequeno mas poderoso vibrador, trabalhando sua mágica dentro da boceta molhada de Samantha.

Também havia sons de náusea e gritos abafados na boca de Samantha. Sons lascivos e sorvendo.

"Continue chupando", disse ele. "Você pode fazer as duas coisas. Chupar e ter seu orgasmo ao mesmo tempo."

Samantha se concentrou em chupar o pau do professor.

Talvez isso remova os sentimentos extremos de sua região inferior, ele pensou.

Ela fez o possível para mover a língua em torno do membro, mas era difícil, já que o pênis estava na garganta.

Ele também tentou trabalhar os lábios da melhor maneira possível.

Ela nunca teve uma garganta profunda com um garoto antes, então essa foi uma experiência de aprendizado incomum para ela.

Enquanto ela chupava, as sensações em sua vagina se tornaram intensas.

A pressão cresceu e cresceu.

O mesmo aconteceu com a dor das vibrações prolongadas, juntamente com a dor no reto e a dor em que os membros estavam amarrados.

Ela fez um som abafado para o pau dele.

"Você está perto de gozar?"

Os olhos lacrimosos dela olhavam para a professora.

Com olhos de cachorrinho.

Ela assentiu levemente, o melhor que pôde, sem machucar o pau do professor.

O professor sorriu.

"Venha para mim, querida. Apenas relaxe e deixe acontecer."

Samantha fechou os olhos e se concentrou em chupar o pau dele, que estava em sua garganta, junto com os sentimentos poderosos em sua região inferior.

Com certeza, o orgasmo chegou.

Agora ele não conseguia mais segurar o punho e os dedos dos pés.

Seus músculos estavam relaxando.

Seu corpo doía.

Ela sentiu uma liberação poderosa em sua vagina.

A pressão chegou ao clímax e o orgasmo foi além das palavras.

Quando ele chegou, sentiu-se esguichando.

Fluidos jorraram de sua vagina, cobrindo o vibrador e fazendo uma bagunça de onde ela estava sentada.

Normalmente, ela ficava aterrorizada com a bagunça que estava fazendo em sua saia, pois precisava caminhar pelos corredores e atravessar o campus com aquela mancha de orgasmo.

Mas este não era um momento normal, não naquele momento.

Tudo o que ele se importava era com aquele sentimento intenso.

Nada mais importava.

Foda-se a saia molhada.

Este foi o orgasmo mais incrível de toda a sua vida.

Ela respirava pesadamente com os olhos fechados.

Então ele relaxou e suspirou.

Foi então que o professor soube que acabara de gozar.

Não havia mais motivo para perturbar Samantha, então ela desligou o vibrador.

"Foi lindo", disse ele. "Mas agora é a minha vez. Você ainda tem energia?"

Ele olhou para cima e assentiu, os olhos arrancando do orgasmo que acabara de experimentar.

O professor balançou os quadris.

Para o ato final, ele queria foder sua boca e garganta, e ele estava fazendo exatamente isso.

Ela continuou chupando.

Quando sua energia retornou, ele voltou a trabalhar com a língua e os lábios.

"Engula", disse ele.

Ele segurou a cabeça de Samantha ainda com uma mão e, com a outra, acariciou furiosamente o membro de seu pênis duro e furioso, enquanto a ponta de sua ereção estava na boca quente de Samantha.

Samantha estava orgulhosa por ter conseguido tornar a professora tão difícil, e isso funcionou.

Isso a fazia se sentir sexy, desejável e desejada por ele.

O orgasmo disparou na boca do aluno.

Fluxo após fluxo de sêmen entrou na boca de Samantha, sua língua e sua garganta.

Com cada jorro de porra, Samantha engoliu.

Era algo que ela gostava de fazer, especialmente agora para o homem que acabara de lhe dar esse orgasmo memorável.

Ela gostou do sabor e textura de seu esperma.

Ele provou na boca.

Ele virou com a língua.

Isso não era algo que ela esqueceria em breve.

Ela continuou chupando até que tudo saiu.

Então, quando o sêmen parou, ele virou a língua em torno da cabeça de seu pênis e lambeu a abertura.

Quando o pau ficou macio, ela o deixou cair da boca e deu um beijo de adeus no processo.

Samantha olhou para a professora, que estava olhando para ela.

Os olhos deles se encontraram.

Havia um entendimento sutil entre eles.

Eles sabiam o que o outro pensava.

Samantha era uma garota submissa que finalmente conseguiu experimentar sua fantasia.

E o professor era um homem que podia apreciar seu amor por treinar mulheres.

"Essa é a experiência de ser submisso", disse ela. "Agora você sabe. Faça o que quiser com esse conhecimento."

"Adorei. A cada segundo", ela suspirou e levou um momento para recuperar a compostura.

"Estou satisfeito por você ter experimentado o que queria. Se você é uma boa garota, podemos fazer isso de novo."

Ela deu um sorriso terno:

"Melhor. Porque estou escrevendo um longo romance."

Quando o professor desamarrou os pulsos do aluno, ele a beijou gentilmente na testa.

Ele era um mestre compassivo.

E Samantha era uma submissa muito curiosa e tenaz.

É claro que eles fariam isso de novo, ele pensou.

FIM

71